最近 空を見上げてますか？

saikin sora wo miagetemasuka?

楓 流衣

Kaede Rui

文芸社

最近 空を見上げてますか？

LOVE

想うだけで

涙がこぼれてしまう

そんな恋だってあるのです。

会いたくて。

会いたくて。

でも　会う理由が見つかんなくて。

ちょっと　かなしくなって。

電話　苦手なの知ってるけど

声だけでもって　かけてみて。

でも　やっぱすぐ切られちゃって。

また　ちょっと　かなしくなって。

なんだか　かまってくれないことに

だんだん腹が立ってきて。

来ちゃいました。

会いたくて。

すきです。

あなたは不思議な人です。
別に　古くからの幼なじみってワケでもないし
数年来の親友ってワケでもない。
…恋人ってワケでもないし
たまたま知り合った　バイト仲間。
なのに
誰かにいて欲しい時に
いつも　そこにいる。
言って欲しいことを
まっすぐ　言ってくれる。
…こんなの
すきになるなって方が
ムリです…。

far into the night

眠れない夜

あなたを想うと

不思議に思えるほど

落ち着けてしまうこと

あなたを想うだけで

不思議なくらい

眠れなくなる夜

どうして　あなたのこと

思い浮かべているのか

わからない　自分に気付く

ちょっと考えれば　わかることなのに…

好き。

素直に

好き─── って

言えたら

いいのに…

そっと　そっと…

そっと　そっと　温めていた恋達が

目を覚まさないように　そっと…

思い出の中

楽しかった恋の足跡をたどってみても

最後の場面の　最後の言葉が

哀しそうな顔で　こっちを見てる

一度は選んだ人だから…

想いをよせた人だから…

そっと　そっと　眠らせて

哀しみを癒すための時間なら

きっと　ムダな時間じゃないよ

少しずつ　少しずつ　目を覚ましてく

恋を覚えたタマゴ達…

そっと　そっと　呼んでみて

温めていた恋達が

あなたの声で　目覚めるように…

someday

私の好きな人には　好きな人がいて。

好きな人が　好きな人の話をしていると

やっぱり　苦しくて。

でも　笑顔で話すのを見てると

つい嬉しくなっちゃって。

やっぱり　好きなんだなぁって

思ってしまえる自分が

情けなかったりで。

いつかこの人に

私の好きな人の話が出来たらいいな。

って

強がってみたりして。

はじまり

何かをする時

何かをしようとする時

恋をする時

心が"トクン"って動く時

すべては気持ちからはじまる

思うこと

想うこと

神様がくれた

大切なプレゼント

明日　アナタに　会える

ケイタイを抱きしめて

声にならない

"ウレシイ"

が

胸の奥をくすぐるの。

注意報　から　警報へ

ヤバイ。

あなたにハマッてる。

告白

私　あなたのこと好きです。

あったかくて　優しくて。

時々　サラリと言う一言が

あちこちに　サクッと刺さることもあるけれど。

私　あなたのこと大好きです。

あなたが私のこと

「好き」って言ってくれたら

私はきっと　天にも昇ってしまうでしょう。

like an ice-cream

恋って　アイスクリームみたい

スプーンですくって口に入れるまで

どんなに名品と言われても

自分に合うか　わかんないでしょ

恋って　アイスクリームみたい

"オイシイ"ってわかったら

少しだけ　溶けるのを待つの

少しだけ　自分をじらすの

優しく…　柔らかく…

そっとスプーンがさせるようになった頃

改めて"オイシイ"って思うの

でも　味を覚えてしまう頃

きっと　アイスクリームはなくなってる…

まるで　アイスクリームって恋みたい

ねぇ　恋って　アイスクリームに似てると思わない？

"12時からのシンデレラ"

おとぎ話に出てくるシンデレラ

12の時を告げる鐘と共に

その魔法は解けた

かぼちゃとねずみの馬車も

ステキなドレスも消えたのに

かたっぽだけ残った　ガラスのくつ

消えなかったのは　きっと

魔法使いのおばあさんがくれた機会

でもね

ガラスのくつを隠してしまおう

本当に王子様が探してくれるのか

魔法のかかったシンデレラ（私）を

いくら愛してくれたって

それじゃ　いつかは壊れてしまうもの

本当に私を覚えてるのなら

私の瞳を見つめてくれていたのなら…

12時からのシンデレラは

12時までのシンデレラ

きっと　王子様は　探し出してくれる

きっと　見つけ出してくれる…

やっぱり 待てないっ

聞こえないように「好き」と言って

聞こえるように「バイバイ」って 手を振った

"また 会えるから"って

自分に言い聞かせて…

気持ちが なかなか言葉にならない

意識すると 頭ん中がまっ白になっちゃう

"次"がどうしようもなく 遠く感じてしまう…

なんとなく空を見たら

月が笑ってるような気がした

きっと 普段(いつも)の私が見ても

今の私は面白いだろう

そーいや アイツも不思議がってたっけ…

いろんなコト考えてたら 体が動いてた

アイツのコト考えてたら

会いたくなって 伝えたくて

アイツん所に 走ってた

失恋よりつらい恋

絶対に

叶うことのない

恋だからこそ

大事にしたいんです。

本日の独り言

んと…
言いたいけど　言えないこと

あなたとあの子が一緒にいるのは
なんだかイヤです

周りの人達にあなたが好かれてるのは
うれしいんだけど…

えと…
聞きたいけど　聞けないこと

あなたの周りの大切な友達(ヒト)の中で
"一番"がつくのは誰ですか？

私…
なんだか　自分の想いばかりがいっぱいで

きっと

あなたのこと考えるのを　なまけちゃってる

だけど

おろしたての毛布のような

そんなあなたの優しさに

ずっと　包まれていたいんです

きっと　大丈夫。

たくさん　神サマに　お願いしたもん。

一生懸命　流れ星に　祈ったもん。

キレイなキレイなお月さまにも　お願いしたもん。

――――　したもん。

○○○

どこかで　気付いて欲しくて。

私の中の"私"。

あなたに　気付いて欲しくて。

私の中の"想い"。

この距離が　怖かったり　うれしかったりで。

なかなか縮まらないけど。

手と手をつないだとき　0̊(ゼロ)　でいられるように。

側にいるのが"私"だと　わかってもらえるように。

いつも　いつまでも

私を支えてくれる人が

現われたら　ウレシイかもだけど。

私は　その人にもたれっぱなしは

イヤなのです。

私にもドーンと寄りかかって下さい。

そう言ってしまって　ダイジョーブな

自分になれた時

ドーンと寄りかかっちゃいます。

そしたら　ずーっと一緒に

いたいですね！

いいよね

どんなに高価なモノ

プレゼントされるより

どんなにカッコイイ車で

ドライブに誘われるより

大好きな人と

一緒に

手をつないで歩けたら

いいね

いいよね

幸せの数え方。

いつもより　一杯　多い　コーヒー。

いつもより　一枚　多い　トースト。

いつもより　一コ　多い　目玉焼き。

いつもより　一つ　多い　「おはよ」の声。

to you

すき…

すき…

「愛してる」よりも

ずっと　ずっと

すき…

やだ。

おんなじ指輪

おんなじ指にしてくれなきゃ

やだ。

ピアスだって

おんなじのつけてくんなきゃ

やだ。

これから　朝まで

一緒じゃなきゃ

やだ。

あなたじゃなきゃ

やだ。

ほかのひとじゃ

やだ。

あなたでいい。

あなたがいい。

Dearest

あなたがいてくれるから　私はわがままになれるの。

あなたが許してくれるから　私は自分勝手になれるの。

あなたが一生懸命聞いてくれるから　私は弱さを見せられるの。

"いつまでも"をつい願ってしまうけれど

"このまま"はきっと永くは続かない。

優しい思い出に　包み込まれる前に。

あたたかなぬくもりを　失う前に。

私がいるから　わがままを言えたり弱さを見せられる

そんな"ワタシ"になりたい。

でも　いつもはダメ。

それは　私の特権だもの（笑）。

ONE

自分にとって"言葉"がすべて？
それは　違うわ。
だって
その言葉を"声"や"文字"にしてるのは
あなただもの。
わたしが惚れちゃってるのは
"言葉"じゃないもの。
でもね、嫌いなんじゃないよ。
"好きなところのひとつ"なだけ。

幸せな日々。

気がつくと

私の視線の先には

いつも　あなたがいて

そんな光景が

当たり前のような日々。

幸せなんだもん。

目が覚めたとき。

あなたがとなりにいる朝は

いつもより　布団から

出られなくなってしまう。

だって　あったかいんだもん。

一人じゃないよ。

このぬくもりは

あなたが　ここにいる

なによりの　証なのです。

ホント　笑っちゃう

笑っちゃう

何　一人で盛り上がってんの？

あきれちゃう

何　一人で落ち込んでんの？

アタマ　おかしいんじゃない

その　わけのわかんない幸福論

やってらんない

そーやって　私のことばっかり

嫌んなっちゃう

そんなアイツに　ホレてる私

今夜も相談会です

ケンカした夜は

いつも　たくさんの"私"と

相談会…

くやしいけど　目を閉じると

浮かんでくるのは

あなたばかり…

キライだったはずなのに

このまま　また…

好きになる———

今日は　ゴメンナサイ

きっと　明日も謝りはしないだろうけど…

おやすみなさい…

たまーにね…

たまーにね

自分が あなたに

どれだけ甘えてるか

イヤになる程

思い知らされる時が

あるの

不思議。

誰かに何かしてあげられることって

そんなにたくさんないのに。

私がしてあげられる

ほんのささいなことで

あなたはこんなにも

やさしー笑顔をくれる。

出逢えたのが

あなたでよかったなーって

思っちゃいました。

恋歌

あなたを想って

唄う歌は

どうして

幸せな今でも

こうして

切なく聞こえるのでしょうか？

側にいて…

そっと　触れていたいの

いつも　私を泣かせてしまうあなただけど

もっと　その優しい声を聞かせて

いつも　私を困らせるあなただけど

そっと　触れてあげる

いつも　あなたを困らせる私だけど

もっと　聞かせてあげる

きっと　誰にも負けない　あなたへの想い

Your Hand

おっきなの。

かわいーの。

やさしーの。

ごっついの。

はたらきものなの。

ぶきっちょなの。

んー…。

私のお気には　やっぱ。

毛布にくるまって眠るとき　握っていてくれる手。

眠れないとき　やさしくなでてくれる手。

つないでいると嬉しくなる　あなたの手。

バレバレなのです(泣)

私の笑顔とか

声とか　行動(しぐさ)とか

たくさん知ってるから

嘘はつけないって

わかってるもん。

何年経っても…

こうやって

たくさんの時間が流れても

あなたが夢に出てきただけで

ドキドキしてしまう

これって　ホント　くやしいんだから

ニンマリ

はずかしくて

手をつなげないよ…

でも　離れたくないから

服の先っちょを　持ってるの

「……………」

これでも

けっこう　幸せなんです

元気になる。

アタマ。
"くしゃくしゃ"ってしてくれる。
それだけなんだけどね。
うん。

Dear My Darlin'

どんな言葉でも　どんなにささいな一言でも

考え始めると　たまらなく不安になる夜に

あなたの優しい声が

心に触れるから

不思議な程に安心してしまう

I miss you…

いつまでも　ずっと

子ネコのように甘えていたいと思ってしまう

きっと　あなたにとって私は

子供のように見えるのでしょうね…

ついていくんじゃなくて　とりあえず追いついてみよう。

変わらない自分よりも

どんどん　変わっていくあなたが。

いつも　私より

ずっとずっと　先を歩いているようで…。

怖いんです。

いつか　後ろの私のこと

忘れてしまうんじゃないかって。

早く帰ってきてよ！

アナタのいないベッドで

「大」の字になってみる。

腕も足も　めいっぱい伸ばしてみる。

指の先っちょが

ベッドの端っこに届いちゃってる。

なんだか

広い広い海に１人

ポツン…って　浮かんでるみたいで

寂しくなった。

Bless you…

いつも元気でいなくてもいーよ。

そりゃーね。

笑顔でいてくれるなら

私も何だかうれしい気持ちになるけど。

"気持ちが負けてる時の表情(かお)" って

見られるの　イヤ？

それなら　目を閉じててあげる。

君はいつもがんばってる。

それはとてもすごいコト。

でもね。

一人でいることに　慣れないで。

側にいてあげたいの。

恋

きっと

"無意識の一生懸命"

を

忘れちゃうと

恋はダメになる。

I think…

好きになればなる程

わからなくなる

"好き"って感情(きもち)…

愛し合えば合う程

忘れてしまう

出会った頃の　あなたへの想い…

「こっち向いて」

急に降り出した雨で　さっきより機嫌が悪くなったみたい

今日は朝から　なんだかうまくいかなくて

ちっとも　こっちを見てくれない

はじまったころに比べたら

弱音や愚痴を言ってくれるようにはなったんだけど

まだ　気を遣わせたくないと　かなり我慢してる

…バレバレなのにね（笑）

いつも笑顔でいられるなら

それも確かに幸せなことでしょうけど

笑顔ひとつで　あなたの機嫌を直せるなら

これほど素敵なことはないわ

「ねえ、こっち向いて」

ガンコな2人?!

泣きたいのを我慢して
ごはんをいっぱい
口につめ込んだ

ケンカの後の
シンとなった部屋に
2人で
正座してごはん食べてる

きっと
今日中に　仲直り宣言は
出ないだろう

ハァー

嘘

嘘をつくなら

もっと上手についてよ

"やさしさ"が

少しでも見えたら

おこれないじゃない…

footsteps

気が付けば　足が勝手に向かってる
ケンカした時の　私の逃げ場所
そう　いつもここで後悔してる
意地っ張りな自分が　イヤになる

そしたら　あなたが迎えに来てる
いつも　いつも…
ケンカのあとの　おきまりコース
意地っ張りも　たまには（？）いいね

誰かがいるから　泣きたくない
あなたがいれば　それだけで　涙があふれてくる
いつも　ここに　迎えに来てくれる
そんな足音が　聞こえてくるから
また　歩いていける
素直な私で　あなたのもとへ

求めていいコトを知ったから

あなたのいない世界が　怖くなった

夢の中を歩いていても

やっぱり　あなたに側にいてほしい

ずっと　並んで歩いてる　二人でいたいね

I'm here!

コトバの足りない部分を

一生懸命　見つけだして

私(ここ)へ　来てくれる

あなたは　必ず　来てくれる

名もなき花

生まれたての

花に

名前をつけよう

そして　その花が咲いたなら

花言葉をつけよう

二人だけの恋(はな)に

たった一つの想(はな)いに

愛しい人

大の大人が　顔クシャクシャにして

泣いてるのって　カッコ悪いですか？

私　"愛しい"って思いました。

あぁ　人間(ヒト)って

こんなにも　泣くことが出来たんだって

一緒に　顔クシャクシャにして

泣いちゃいました。

お互いの顔見て

後でおもいっきり　笑っちゃいました。

おかえりなさい。

いつも帰りが遅いあなたに

「おかえりなさい」って

言ってあげられることも

私だけの特権だと

最近　気付いたの。

Your smile

"ヘラヘラしてる"とか

"悩みなんてないんじゃない?"とか

そーいうこと言う人もいるけどさ

なんか

あなたらしいじゃない

私

あなたのその笑顔

好きだよ

in the story

はじまりと

おわりに

アナタがいる

それだけでも　かまわない

やっぱり　側がいい

遠距離はヤダ

うれしかったり　楽しかったりした時に

一緒に笑えないじゃない

好きな人の笑ってる顔

見れないじゃない

私のニンマリ幸せ顔

見せてあげられないし

そりゃ　Telだって話せるけど

切った後

ものすごーく　寂しいんだよ

それに

ツライ時とか　寂しい時とか

好きな人にいて欲しい時に

側にいないっていうのがヤダし

何より　そんな時に

側にいてあげられないのがヤダ

だからね

遠距離は　イヤなのダヨ

「私」

私じゃなきゃ　いけない理由もなくなって

私じゃなきゃ　ダメな理由を見つけたくて

good night…

そっと　おやすみなさい…

今日は　とてもがんばった日

涙も見せずに

あの人を困らせずに

がんばった日

少し長くなりそうな

明日の自分との"反省会"

だから　今夜は…

何も考えないように

何も思い出さないように

そっと…　おやすみなさい…

後悔

あーいう時
笑顔で
「だいじょーぶ」って
言ってしまう　あなたを
一番
気にしておかなきゃダメだって
わかっていたはずなのに。

ただいま充電中

はじまりにも

おわりにも

とてもとてもたくさんの

勇気がいるんだよ。

後悔してる

「さよなら」なんて　言わなきゃよかった

「大嫌い」なんて　言わなきゃよかった

"もう会えないかも…"って思いが　頭ん中でぐるぐる回ってる

(結果論なのかなあ…)

でも　あの時　アイツのこと　許せない私がいた

どうして？

目を伏せたまま"ごめん"のくり返し

どうして？

もう一緒にいちゃダメなの…？

「さよなら」なんて　言わなきゃよかった

「大嫌い」なんて　言わなきゃよかった

ホラッ　やっぱり後悔してる

ホラッ　やっぱり「好き」なんだ…

泣きたくなるよーな夜に。

こんなにも

私は　さみしい想いをしているのに。

あなたは

夢の中にすら　現れてくれない。

誰か止めて…

冷たい床の上で

死んだ様に眠るの

あの人への想いも

溢れる涙のつぶも

この切ない時間も

この寂しい時間も

何もかも　全て

止めるの…　止めたいの…

"創りあげた私"が

"私"より先に歩いてる

私は　ただその背中を

見ながら歩いてるだけ

誰か止めて　このままじゃ

"私"じゃない"私"を　あの人は愛してしまう

誰か止めて　このままじゃ

あの人は"私"に気付かないまま

"私"を愛してしまう

誰か止めて

"私"の前を歩いている"私"を

誰か止めて…

ひとりぼっち？…ふたりぼっち！

赤い赤い　空の中

あなたを夢中で探したの

私だけが　傷付かなくて済むような

そんな　あなたの優しさのせいで

私の心は　すり傷だらけ

こんな私を放っておくの？

この傷は　あなたにしか治せないの

そして　今

あなたの傷を癒せるのは　私だけ

ねえ　"ひとり"にならないで

ねえ　"ふたり"で生きましょ

目を開けて何も見ない人もいるけどね。

自分ばかりが

傷付いてる気がして。

自分で目を閉じてるのに

周りには誰もいないような気がして。

また　大切な人を傷付けてしまう。

あなたを　傷付けてしまう。

理解出来ませんか？

気持ちだけでは　一緒にいられないのです。

笑顔1回分の元気

最後の言葉の前で
涙流して泣きくずれるのは
けっこうミジメだし
とても　くやしいから…

あなたが　見えなくなるまで
笑顔でいてやろう

意地はってるって　わかってる…けど
これでも　笑顔をつくるぐらいの
元気ぐらい　私にだってあるもの

そう…
あなたが見えなくなるまで
笑顔でいられるぐらいの　元気くらい…

バランス

哀しみを乗り越えられる程の

へ理屈を並べて

心が凍えるような

理屈を追い出した

気付けなかった　気持ち

傷付けた　嘘

あなたの気持ち

私の心

小さなきっかけが

涙までひっぱり出してる

短い言葉を　巧みに使って

自分（心）が転ばないように

バランスをとってる

へ理屈（優しさ）を並べて　理屈（哀しみ）を乗り越えてる

そう思ってるだけ…

そう思っていたいだけ…

今までだって

一人で乗り越えてきた訳じゃない

誰かに頼ればいいのに…　頼りたいのに…

心の中の　引き出しに

いっぱい詰まっている　思い出達

時間が経てば　経つ程

どんどん増えていくよね…

そんなに　いつもツライものばかり

ひっぱり出さなくったって　いいじゃない

忘れる訳じゃない

もう少しだけ　しまっておくだけだから…

Reason

恋を失くした理由なんて

ずーっと後から気付くことばかりで。

失くしたての頃は

なんでダメになっちゃったのか

わかんないまま

心にあいてしまった穴が

痛くて　寂しくて

泣いてばかりで。

歯車の合う時

いつも悪い方にしか　考えられなかった私だけど

それでも　二人のいいこと　いっぱい望んでた

きっといつか　歯車が合うよね

たとえ短い時間でも　あなたと私

そう　信じてた

形ばかり見えてて　中身の見えない夢

知らないうちに泣きたくなるような

何だか妙に泣きたくなるような

きっといつか　歯車が合うよね

たとえ短い時間でも　あなたと私

そう　信じてる…

今宵　月に抱かれて眠りましょう

「好き」って　何度も呟いた。

背中が見えなくなるまで　呟いた。

見えなくなった途端

うずくまって　泣きたい気分だった。

でも

周りの目とか　いろいろ気になって　出来なかった。

でも

涙が　止まらなかった。

そでを握ったまま　何度も何度も拭いたけど

止まらなかった。

そのうち　声を出して　泣いてしまいたくなった。

やっぱり

周りの目とか　いろいろ気になって　出来なかった。

だから　走った。

きっと　ぐちゃぐちゃの顔なんだろうけど

走った。

誰にも会いたくなくて。

誰にも見られたくなくて。

一人きりになりたくて。

一人きりで泣きたくて。

部屋のドアを閉めた途端　いっぱい声が出た。

思っているのか　いないのか　わかんないことを

いっぱい叫んだ。

好きだとか　嫌いだとか　名前とか。

ひんやりとした　床の上で

涙でぼやけた先に　見えたのは

涙で濡れたほっぺたを

優しくなでてくれるような

きれいな三日月だった。

今夜のBad News

恋を失くした夜のニュースは

いつもより　わからなくて

今日のこの重大な事件を

流してるチャンネルもない

灯りを消して　時間を止めて　うずくまったまま

今日のニュースを　再生してみる

「サヨナラ」を言われたからじゃなく

あの人がもう側にいてくれないからじゃなく

止まらない涙を流す自分が

少しだけ　かわいそうで…

落ち着いたなら　歩き出してみよう

急がずに　そっと…

急がずに　そっと…

ワガママばっかり言ってますね。

心に染みるステキな言葉をありがとう。

泣いている私の横で　彼の悪口をたくさん言ってくれる。

そして　次に出会うスバラシイ人の話をしてくれる。

そして　そして　最後には一緒に泣いてくれる。

あぁ　友達よ　ありがとう。

そして　ごめんなさい。

私は　そんなの望んでないわ。

私は　まだ彼が嫌いになれないの。

私を　カワイソーな人にしないで。

あなたはいい人だから　わざわざいい人にならないで。

泣き止むまで　側にいて。

彼のこと話す私の頭を　優しくなでて。

私を冷静にさせないで。

さーて、明日もがんばりますか！

不意に　ずっと前に付き合ってた
彼(ヤツ)のことを　思い出した

最近　ヤなこと続きで
今日は久しぶりに　けっこう飲んだ

自分の思い通りにならないことなんて
「星の数って　いくつあるの？」って
誰かに聞いてるよーなものだ

それにしても…

酔ってるわりには　つまんないこと
思い出したもんだ

そーいや…
いまごろどーしてるんだろ

結婚…したのかなあ　って

つい　あれこれ考えてしまう

そんな自分に

「やっぱ　酔ってるなぁー」って

苦笑まじりに　言ってみた

最近　空を見上げてますか？

最近　空を見上げてますか？

私は　あなたに会いたくなると

夜空を見上げ　星に願いをかけます

私は　夜空に浮かぶ月を見ていると

あなたの優しさを思い出します

これは　きっと　私のわがままだろうけど

やはり　あなたにも同じような想いがあればと

空を　見上げています…

あなたも　私のこと　想う時は

できれば　少しでも空を見上げてください

同じ空の下…

きっと　同じ空を私も見ています

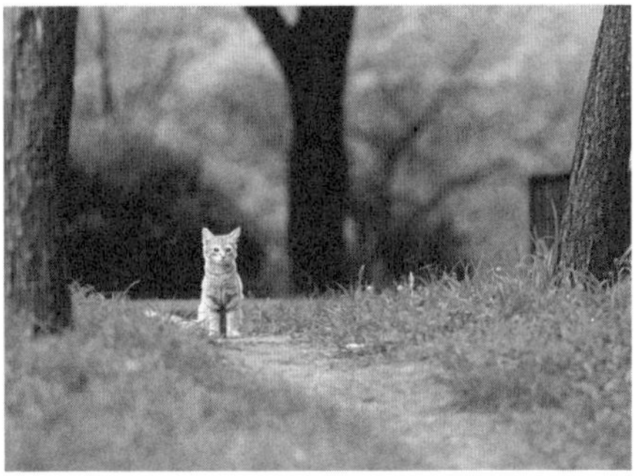

call my name, call your name

きっと　僕は

たくさんの偶然を経て

ここにいる

逢えてよかった

「きもち」

いつからだろ…

言葉にならない気持ちに気付いたのは。

いつからだろ…

気持ちが言葉にならなくなってきたのは。

いつからだろ…

伝えられない気持ちばかりになってきたのは。

いつからだろ…

そんなのが増えていくのに気付いたのは。

これ以上あなたを好きになっても大丈夫なように

人を好きになればなるほど

ましてや　そのことに気付いてしまうと

それを失ってしまうことや

心の中に出来てしまう大きな穴が

怖くてしょうがなくなる

とても　怖くなる

こうなってしまうと　僕は

失うことより

あなたとの距離を　もうこれ以上

近づけまいとしている

そう…　これは　間違ってる

きっと　違ってる

失うことが怖いのなら

もう離さないくらいの気持ちで

捕まえてしまえ

この腕で　抱きしめたなら

二度と離さないくらいの気持ちで

これ以上

あなたを好きになっても大丈夫なくらいに

朝まで続きそうなおしゃべりも

夢の中まで感じられる　そのぬくもりも

あなたとの時間(とき)と一緒に

二度と離さないくらいの気持ちで

これ以上

あなたを好きになっても大丈夫なように

Heart To Heart

いつだったか

あったかい　ひだまりの中

君がふいに向けた

何げない笑顔を見て

泣きそうになったのを　憶えてる

今思うと　僕はどんな顔で

君の笑顔を見てたんだろう

いくら聞いてみても

唇に指をあてて"ナイショ"のポーズで

ただ　優しく笑ってる

かなり　ハズイ気分だけど

上限なんてないんじゃないかって

そう思えちゃう程

愛しいんだ

Let's try!

「まさかコイツなんかにホレちゃうなんて」
まるで恋愛モノのオチだね
でも　後悔なんていつでも出来るけど
気持ちを伝えるチャンスは
不思議なことに　何度も来たためしがない
やっぱり"おもいきり"って大事だよ
ムボーなトライだってイイじゃない
釣り合いなんて　他人の勝手なソーゾー
負けない気持ちを
胸に秘めたなら
鼻水たらして　声かれちゃうくらい
泣くことなんて　もちろん覚悟でっ

「好きですっ！」

どうにかしてよ

君には　好きな人がいて
今も　その人のことで
怒ってみたり　笑ってみたり
時々　哀しんでみたり…
どれだけ　その人のこと　想ってるかとか
どれだけ　その人のこと　好きだとか
いっぱい　いっぱい　聞かされて
わかってるハズなのに
いつも　無防備な笑顔で
僕にも微笑んでくれるから
つい　心が君に近づこうとしちゃう
どうにかしてよ

イイんじゃない？

心を全部

許さなくていいよ

ちょっと疲れた時に

チョット寄り道が

出来る場所(トコロ)

それで　イイんじゃない？

神様へ

一人でいる時に感じる

寂しさって

まだ　必要だよ

君のこと

「どれ程大切かわかってる」って

そう言っちゃえる

僕だから

question

ナンデだろ？

コイツにウソは通じねー

コイツに隠しごとしても　すぐバレる

どんなに理不尽であっても

頭が上がらねー

どんなにムカツいてても

どんなにツラくても

笑顔を思い出せる

ナンデだろ？

君の隣が僕の場所

二人でいるには　ちょっとせまい１Ｋの部屋だけど

泣いたり　怒ったり　すねたり　笑ったりの表情(かお)が

いつでも近くで見られるから　全然　悪くない

二人で眠るには　ちょっとせまいパイプベッドだって

そっぽ向いてても　こっち向いてても

そこにいるのがわかるから　とても安心する

二人で見るには　ちょっと哀しいラブストーリーだって

部屋を暗くして　ひざを抱えて並んで見てると

不思議と優しい空気になるって　気付いてた？

二人で決めた　ちょっとムズカシイ約束事

このまま　ずっと一緒にいられても

二人でいるのが当たり前な気持ちは　やめようねって

「幸せ＝当たり前」になってしまったら

きっと二人は　何もしなくなる

「すき」っていう大事な気持ちも

隣にいてくれる人が　どんなに大切かってことさえ

きっと　わからなくなってしまう

それは　とても寂しいことだから

幸せの育て方

僕ら二人

まだ　一緒に歩き始めたばかり

足並みがそろわなかったり

どっちかがつまずいたり

二人してつまずいたり

そんなの　当たり前

これから　ゆっくり行けばいいじゃん

一歩ずつ

少しずつ

のんびりと　幸せになろう

eternity & moment

金色の月が

瑠璃色した海を照らしてる

銀色の小さな舟の中

僕は君と二人

寄りそったまま　眠りについた

風もない　波もない　音さえしない

ただ　優しい光が　辺りを照らしてる

時間が止まってるような　この世界は

永遠に光る　一瞬の時間を教えてくれる

金色の月が

瑠璃色した海を照らしてる

銀色の小さな舟で

僕達二人

寄りそったまま

永遠の時間の中へ…

覚めない夢

あなただけ消えていく　僕の時間(とき)の中で

寂しさを埋めてみる　イミも何もない言葉をただ並べて

サヨナラに背を向けてるのは

まだ"一人"に負けてしまうから…

楽しげに話してる　蜃気楼の恋人達

快楽の中で　つかめない気持ちに流されて

※「蜃気楼」にルビ「まぼろし」

覚めないで　夢のままでもいい

変わらない時間(とき)が　ただ過ぎていく

凍りついた時計の針に

あなた以外の誰かが触れるまで…

哀しむだけで　何もかも上手くいくのならば

一粒の涙さえ　その輝(ひかり)を失うよ

覚めないで　夢のままでもいい

変わらない時間(とき)を　ただ繰り返す

永遠の中で　一瞬でもいいから

輝いた時間(とき)を　また　あなたと二人で…

if

ここは　大切な場所

いつも　君がいる場所だから

ここは　大事な場所

君がいつも　待ってる場所だから

たった一つの幸せをつかむことの困難さを

僕は知ってるから

何歳(いくつ)になっても　君の側にいたい

もし　僕に…

百の幸せをつかむための運があるなら

一人しかいない　君が欲しい

それは　大切な時間

君と共に喜びを感じた時間だから

これは　大事な時間

君と一緒に哀しみの階段をかけ上がった時間

震えてる子猫の寂しさがわかるから

空気の冷たさを知ってるから

何歳(いくつ)になっても　君と肌を合わせていたい

もし　君が…

幸せの色が見えなくて　震えているなら

僕がそっと　包んであげよう

vision

帰ろう

まっすぐ　君のもとへ

そして

いつか旅立とう

今度は　二人

手をとって

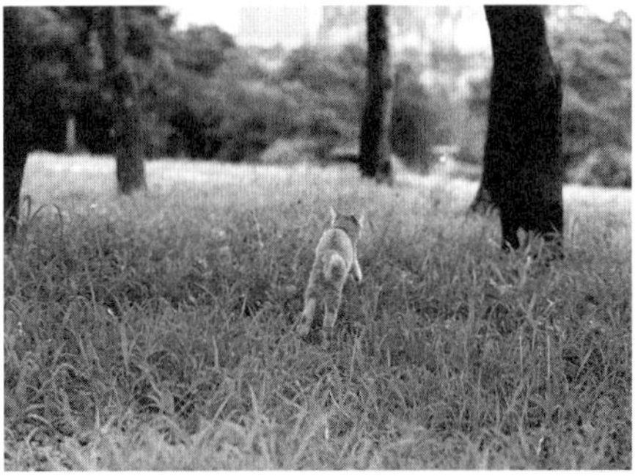

最近　気付いたこと。

「小さな望み　＝　大きな不安」

I say…

どんなに　周りが

"よかったね"って

言ってくれても

自分が"よかった"って思わなきゃ

それはきっと

何かが　違うんだよ

MY LIFE

どーやって生きていけばいーか　わかんない。
追いかけたい夢も　やってみたいことも　特にない。
他人の夢を聞いてると　ちょっと不安…。
でもさ、時計の針だけが回る部屋でじっとしてたら…
わかるでしょ？
なーんにも見つかんないし、ぜーんぜん変わんない。
けれど　一気に見つかるもんでもないし、
ある日　突然…　なんてそうそうあるもんじゃない。
だからさ、じっくりやろ！
たくさんあったって困るもんじゃないけど　まずは　ひとつ。
誰かに勝つとか負けるとかじゃない　"すき"を　ひとつ。
比べることも　比べる人も　ほっといて。
世間のしがらみなんてものを　言い訳にする前に。

歩き出せますか？

いつかは　過去になる

いつかは　思い出になる

そのことを受け入れることが出来たとき

自分が立ち止まっていることに

気がついたんだ

オルゴール

人の人生を

オルゴールに

置き換えてみよう

たくさんある

壁にぶつかって

それを　乗り越えて

後で通して聞いてみたら

めちゃめちゃ

イケてるメロディーだったりして

walk

マエを向いて歩きたいのに

どっちがマエか　わかんない

ウシロ向いてたら

どーしよ…とか思っちゃうけど

まだまだ　途中だし

行けるとこまで　行ってみなきゃ

結果が出る前に

結論を出すのって

すごく　もったいないから。

To Me

がんばるな私っ！

少し止まってなさいっ!!

コケてる場合じゃないのです。

まだ　終わりじゃない。

終わらせない。

私は　絶対あきらめない。

Ready?

"こんなんでいーの？"って

自分に問いかけたら

そこがあなたのスタートライン。

飛び出しちゃったら

もう誰にも止められない。

あなたが止まらない限りね。

"さあ、準備はいーい？"

「夢」

なにか一つ手に入れるとき

失うものは　決して一つじゃない

でも　そんなの全然怖くない

だから私は　この手に入れる

たとえ幾つ失くしても

このドキドキにはかなわない

さぁ　お話の続きが待ってる

行こうっ！

明日になったら… －thank you, my friends－

迷ったら　とりあえず歩いてた

ドアにカギをかけて

閉じこもるのは　性に合わないから

泣きたくなったら　とりあえず大声で泣いた

ベッドの上で　毛布にくるまって

メソメソするのは"らしく"ないから

いつだって　肩を抱きあえる

迷ったら　背中を押してくれる

涙を流してたら　そっと見守ってくれる

寂しくなったら　一緒にいてくれる

暗くて不安だらけの森をぬけると

いつも　そんな友達(ヒト)がいる

だったら　歩かなきゃ

"トボトボ"なんて　やってらんない

"セカセカ"じゃ　きっと疲れる

自分のペースで

私のペースで

歩いていこう

Friends

「ただいまーっ!」

「おかえりーっ!」

とてもカンタンだけど。

とってもうれしい言葉。

それぞれのアルバムの。

いろんな"ワタシ"で。

みんなが盛り上がれちゃう。

そんな友達(ヒト)たち。

ちょっとしか いられなくても。

「今度会うんはいつになるんかな〜」

ちょっと 寂しくなっても。

「それじゃー 元気でな〜 またな〜」

そしてまた　少しの時間が過ぎたなら…。

「ただいまーっ！」

「おかえりーっ！」

ねっ！

いつも　ありがと。

何にも　してくれなくていいよ。

あなたは　それを気にしてるみたいだけど。

なんとなくでも　かまわないよ。

ただ　私の話を聞いててくれるから。

私は　とても軽くなれる。

それに　そんな時に

的確なアドバイスなんてする人の方が

私は　苦手だな。

I'm fine!

カラ元気だって　いいじゃない。

そこに自分なりに

アレやコレや突っ込めば

ホンモノになる。

きっと　なる。

My Way

満足かどうか

幸せかどうか

そんなの 他人(だれか)が決めるんじゃない

私が決めるんだ！

よく　のぼせます(笑)

嫌なコトがあった日のおフロって

どーしてこんなに　キモチぃーんだろ？

目を閉じてると　悩んでたことが

どーでもいいよーな。

大したコトじゃないよーに　思えてきてしまう。

作詞・作曲：私　な歌を唄ってみたり。

眠らないよーに　オケをかぶってみたり。

私が単純なのかしら？

上がる頃には　とってもゴキゲン♪

きっと　いートシになっても　これだけは変わらないな。

うん。

さっきまで楽しかったのに

テレビをつけてみる。

なんでもいーから

音楽なんかもかけてみる。

わけがわかんないんだけど

ついつい笑ってしまうマンガに

手をのばしてみる。

それから…

えーと…

やっぱ　長電話の後の

この静けさは　ヤだ。

どうしたら良いのでしょう？

やんなきゃ　いけないことが

いっぱいあって

なんとかしなきゃ　いけない問題(こと)も

いっぱいあって

でも　やりたくてやってることが

確かにあって

「いま」をやってくだけで

精一杯で

それでも

やんなきゃ　いけないことが

いっぱいあって…

いろいろ考えるのは苦手です。

最近なんだか泣けちゃいます。

将来のこと考えてると。

いつのまにか　昔のこと考えちゃって。

付き合ってたヒトのこと。

ハッピーな気分。

サイアクな気分。

友達とつるんでた時間。

遊びまくったり。

言い争ったり。

ヒトリでいろいろ考えたこと。

大好きなヒトのこと。

ヒトリがさみしかったこと。

悔しかったこと。

情けなかったこと。

現在(いま)の自分。

過去(いままで)の自分。

未来(これから)の自分。

最近なんだか泣けちゃいます。

でも　そのうち"ニンマリ"って。

笑えちゃうと思います。

きっと。

勝てなくても　負けない気持ち

気持ちって
伝染(うつ)るんです。

だから

私は絶対　負けません。

そんなんでいいの？

歩けないんじゃない。

立ち上がろうとしないだけ。

走れないんじゃない。

前を見ようとしないだけ。

愛されないんじゃない。

見せようとしないだけ。

傷付かないんじゃない。

ひざを抱えてるだけ。

出来ないんじゃない。

やらないだけ。

そんなんでいいの？

欲しい言葉、欲しい気持ち

心が窒息しそうなの

もっともっと　大切なものを

たくさん吸い込みたいのに

それが怖くて出来ないの

禁じられてるわけじゃないのに

しちゃいけない気がするの

助けて欲しくて　手を伸ばしてるつもりなのに

誰も気付いてくれないの

暗い部屋でずっと待っていた　あの時のように

…心が窒息しそうなの

こんな自分がイヤ。

"みんな　それぞれがんばってる"

が

"みんな　自分のことばっかり"

って

思えちゃう時。

ひとり

にぎやかなトコは

苦手です。

―――　寂しくなるから。

ガンバレ！

大丈夫っ

なんとかなるって！

ひとりぼっちは寂しいよ。

心が痛むのです。

とても　とても　痛いのです。

苦しくて　怖くて　痛いのです。

助けて。

おるすばん。

暗いところはキライです。

誰もいない部屋で

"ひとり"なのが　わかっちゃうから。

ひとりぼっちでも

明るいところがいいです。

そのうち

誰か　帰ってきてくれそーな

そんな気がしてくるから。

後悔してるんです。

ふぅーって　ため息ついて

じわって　なって

グッて　泣くの我慢して

誰か見てるわけじゃないんだけど

いや　私が見てるか

はぁー　私　何やってんだろ

PAIN

がまんできる

"チクッ"って

痛みのほうが

怖い。

泣かないで…

どうしたの？

何かあったの？

怖いことがあったの？

涙… こぼれてるよ…

そんな瞳をしないで…

大丈夫だよ

お日さまのひかりにあたれば

あったかくなれるから

夜が明けるまで

もう少しだから

もう少し 一緒にいるから

だから…

　　…泣かないで。

ALIVE

何かを探しているのですか？

誰かを捜しているのですか？

あなたはいつも

目の前のことよりも　違う場所を見ているような…

もし　そうなら　私はあなたの手をとりましょう

足元の　ちっぽけな石なんかに

足をとられぬように

目の前の　くだらないことに

心を痛めぬように

the Queen of night

月は　哀しみの色？

月は　優しさの色？

月は　ひとりぼっちな色？

月は　あたたかい色？

どれが　ホント？

どれも　ホント！

それはきっと誰かに　"こーして欲しい色^(キモチ)"

それはきっと誰かに　"気付いて欲しい色^(キモチ)"

だから　月に気付くときは　みんな夢見人

少しだけ　時間が流れてること忘れて

ゆらゆら…

ゆらゆら…

「NO!」

崩れ落ちそうな身体を

必死に支えて

何もなかったかのように

ただ　笑顔でいられる

窒息しそうな気持ちを

両手で抱きしめて

涙など知らぬように

ただ　笑顔でいられる

そんな私は　不幸せに見えますか？

そんな私は　可哀相に見えますか？

陽のあたる場所

人前だと「我慢しなくちゃ」って思うことあるじゃない
人前だと「涙見せたくない」ってことあるじゃない
「どうして自分だけが…？」って悩んでみたって
"答え"なんて見つからないし
その"答え"を出せない自分が　嫌にさえなってくる
どんなに手でぬぐっても　止まらない涙なら
いっそ　かれるまで流してみようよ

誰も知らない　自分だけの場所
涙も止まれば　少しの時間が乾かしてくれる
そうすれば　また　歩いていける　歩き出せる

誰も知らない　自分だけの場所
"自分"と仲直りのできる場所
今より少しでも"自分"を好きになれたら
今よりきっと強くなれる

誰もが　知らないうちに求めてる

忘れたくない　温もり

忘れてしまった　温かさ

どこかで見失ってしまった"自分"

そんな自分と　何度も出会って

何度もケンカして　何度も好きになって…

誰だって知ってるはず

自分だけの場所

きっと　そこには　あたたかな陽があたってるはず…

anxiety

一生をかけても　手に入れたいものがあります

一生をかけても　失くしたくない、守りたいものがあります

一度　失くしちゃうと

一生をかけても　取り戻せないものがあります

たった一つの　ちいさなちいさな傷が

一生をかけても　消せないことがあります

どこまでも　どこまでも

続いてると思っていた道が

ある日突然　失くなってしまったら

どうしますか？

CAT & MOON

小さな光の粒が散りばめられた夜空の中に

やさしい光に包まれた月

ネオンがチカチカしている街の隅っこで

目を細めて月を見上げてる猫

少し前なら　どちらも見えていた光景

今宵の月の形も色も

野良の毛色やご機嫌も

少し前なら　どちらも見えていた光景

夢のかけら

どうしようもないことが

どうしようもなく　ツライ夜

おどけてみては　夢のかけらを

少しずつ　少しずつ　つなげてみる

遠いあの日に誓った約束

今日という未来に誓った約束

こぼれ落ちそうな涙より　はやく

人は　歩こうとしている

涙に追いつかれると

作り上げた"自分"が

壊れてしまいそうで…

過去(うしろ)を見ては

はやく　はやく　歩こうとしている

悲しい気持ち　寂しい気持ちに
捕まった夜は…

夢のかけらを　そっと　そっと
さがしてみる…

鏡の中の私への質問

鏡に映ってる自分(あなた)に　質問があります

灯りを消した　このまっくらな部屋の中で一人

うずくまって泣いている私は　誰ですか？

鏡は心を映すものと言うけれど

今の自分(あなた)には

私が　どんな風に見えますか？

大人の条件

大事なのは

　　　　"あきらめること"？

　　　　　それとも

　　　"あきらめないこと"？

AYATSURI-NINGYÔ

よく出来た嘘を

ムリに飲み込もうとしてる

体に悪そうなモノを

どっかでマチガエテ　そのまんまにしてる

「知らないうちに」なんて言わないで

そんなことじゃ　治らない

もう　病んでる

そう　病んでる

押さえ込もうとするのは解るけど

誰にだってキャパシティはある

さっさと吐いちゃわないと

このままじゃ　ぶったおれるまで

誰かの台本の中で

踊り続けちゃうよ

見えない未来(あした)

誰かが敷いた　このレール

このまま進めば

どこへたどり着くのだろう

もし　僕がレールを敷いたなら

どこへたどり着くのだろう

誰もが自分のレールを

横目で見ながら

「社会」という

大きなレールを歩いてる

道標のない自分のレールに

夢を抱いて

どんな色の未来(あした)に　つながってるのか

楽しみながら　不安も一緒に…

誰かが敷いた　このレール

このまま進めば

どこへたどり着くのだろう

もし　僕がレールを敷いたなら

どこへたどり着くのだろう…

さあ、歩こうっ！

立ち止まるのは　意外とカンタンだけど

そこからまた動き出すのって　けっこうムズカシイ

ずっと　ずうーっと　歩き続けていて

気がついたら　道がわかんなくなってた

どこを歩いてたんだろ？　どこへ行きたかったんだろ？

最初に目指してた場所は？

未来？　それとも　過去？

そんな迷子になっちゃったら

目を閉じて　ゆっくりでいいから　思い出してみて

この道を…

今まで　一生懸命歩いてた道を

どうして選んだのかを…

もう止まるつもりはありません！

思い出せるなら

手遅れじゃない

動き出せるなら

まだ　間に合う

さあ

行ってみようか！

明日、天気になあれっ

どうしてもツラくて

だけど　ガマンしなきゃいけなくて

ドス黒い雲が

通り過ぎるのを　ジッと待ってる

横なぐりの雨だって

止まなきゃ　ビショ濡れで

ブ厚い氷だって

溶けなきゃ　春は来ない

明日、天気になあれっ

こんなインキ臭い時間は

もう　イラナイ

そろそろ　お日様に当たらないと

何もかも　カビちゃうよ

ついでに　イイカンジになるまで

体もあっためておこうっ

どうせ　降るんだろ？

また　ヤな雨は

時間(とき)の流れの中で…

色あせてく

記憶の中に

何か　大切なモノ

忘れてないかい？

tears

涙はきっと

冷たく凍りついた心に

あったかい気持ちが

そっと　優しく触れるから

溶けたしずくが

頬を伝って

流れるんだ

I wish…

どんなに同情したって

どんなに　その痛みや哀しみを

わかりたくて側にいても　いたとしても

あなた以外の誰にも

そのツラさを　わかってあげることは

出来ないでしょう…

それでも　時間(とき)の流れが　少しずつでも

その凍てついた心を　溶かしてくれるように

私は祈ります

どうか　あなたの心が

また　ぬくもりを感じることが

出来ますように…

本書は、2003年5月に小社より刊行された
『最近 空を見上げてますか?』の新装版です。

著者プロフィール

楓　流衣（かえで　るい）

1975年生まれ。岡山県英田郡西粟倉村出身。現在、岡山県津山市在住。
本書のほか、2004年に『最近 ちゃんと泣いてますか？』、2009年に
『最近 恋をしてますか？』を文芸社より刊行。

最近 空を見上げてますか？

2011年2月10日　初版第1刷発行
2017年8月15日　初版第2刷発行

著　者　楓　流衣
発行者　瓜谷　綱延
発行所　株式会社文芸社
　　　　〒160-0022　東京都新宿区新宿1-10-1
　　　　　　電話　03-5369-3060（代表）
　　　　　　　　　03-5369-2299（販売）

印刷所　図書印刷株式会社

Ⓒ Rui Kaede 2011 Printed in Japan
乱丁本・落丁本はお手数ですが小社販売部宛にお送りください。
送料小社負担にてお取り替えいたします。
本書の一部、あるいは全部を無断で複写・複製・転載・放映、データ配信する
ことは、法律で認められた場合を除き、著作権の侵害となります。
ISBN978-4-286-10540-6